나는 늘 맨발이다

나는 늘 맨발이다

초판 발행 ㅣ 2024년 11월 20일

지은이 ㅣ 권화빈
펴낸이 ㅣ 신중현
펴낸곳 ㅣ 도서출판 학이사
　　　　출판등록 : 제25100-2005-28호
　　　　주소 : 대구광역시 달서구 문화회관11안길 22-1(장동)
　　　　전화 : (053) 554-3431, 3432
　　　　팩스 : (053) 554-3433
　　　　홈페이지 : http : // www.학이사.kr
　　　　이메일 : hes3431@naver.com

ISBN _ 979-11-5854- 536-9 03810

나는 늘 맨발이다

권화빈 시집

學而思|학이사

지상에서
꿈틀대며 살다가
두 번째 시집을 엮는다
내가 살아온 흔적들이다

詩集은 내게 가건물과 같다
그 가건물 속에서 詩는
오늘도 쉼 없이 이어지는
내 삶의 누수를 잠가주는
수도꼭지다

가만 고개를 들어본다

언뜻언뜻
가건물 사이로 삐져나오는
푸른 하늘이 보인다

2024, 가을 햇볕 쌓이는 날
권 화 빈

차례

3부 _ 불평등의 기원

1부

폐역,
문수역에서

꽃나무에는 꽃만 피지 않는다

봄이 왔다
꽃나무에 꽃이 피기 시작했다
그러나 꽃나무에는 꽃만 피는 게 아니다
꿀벌, 노랑나비 날개 사이로
바람이 실려와 꽃잎 어루만져 주고
산 너머 구름도 내려와
꽃나무 등을 쓰다듬어 주고
개울가 물소리도 졸졸 흘러주고
들판의 새들도 날아와
나뭇가지에 앉아 노래 불러주고
뿌리 속 흙들도 부드럽게 풀어주고
밭 가는 농부들 트랙터 소리
높이높이 푸른 하늘 들어올린다
다시 봄이 왔다
봄이라고 꽃나무는
제 몸에 꽃만 피우는 게 아니다

산 아래 산벚나무가 젖어있다

누가 다녀간 걸까

산 아래
산벚나무가 젖어있다

잎사귀마다
노을빛 물들어 있다

미처 챙기지 못한
손수건 한 장
봄바람에 흐느적이고 있다

입춘서설

봄은 결코 그냥 오지 않는다
머리엔 흰 눈발 덮어쓰고
가슴엔 칼바람 가득 담아 안고
발 동동 구르며 겨울 강 건너
살얼음 밟으며 온다
굳은 들판 흙덩이 부수며 온다
겨우내 얼었던 산등성이
흰 구름 풀어주며 온다
먹구름 사이 숨어있던 푸른 하늘
언뜻언뜻 보여주며 온다
이제 우리도 움츠렸던 어깨를 펴고
두꺼웠던 이불을 걷고
곱아있던 손을 꺼내 비비며
닫혀있던 우리의 창문을 열며
창틀에 낀 먼지를 닦아내자
텃밭 문고리도 활짝 잡아당기자
간밤의 가래도 뱉어내자
아, 사람들아 봄이 왔다

그러나 봄은 결코
혼자 시작하지 않는다

폐역, 문수역에서

아직도
오지 않을 기차 소리를 듣고 싶었다

오늘도 무섬 물소리를 신고
그날의 기차는 떠나가고 있었다

이제 사람들은 하나둘 떠나고
떠난 기차 소리 사이로
이름 모를 풀들만 키를 세우고 있었다

그러나 나는
기차 소리를 떠나보내지 않았다

사라진 침목 사이로 자갈들만
저희들끼리 몸 비비고 있었다

엎드려 자갈에 귀를 대면
떠난 기차 소리가 다시
쟁쟁쟁 귀를 울리고 있다

닫힌 대합실 자물통을 비집으며
요란하게 기적 소리 돌아오고 있었다

다시 새벽

다시 새벽이 왔다
텃밭 너머 닭이 울고
간밤에 고인
내 몸속의 피가
다시 돌기 시작했다
일어나 텃밭으로 나가
간밤의 기도는 뱉어낸다
하늘을 쳐다본다
죽었던 내 영혼이
다시 눈을 뜬다
다시 닭이 운다
뒷마당 블록 담장 밑 텃밭
상추 잎사귀
부르르 몸을 떤다

새해, 포항 호미곶에 와서

- 이제부터는
채우지 말고 비우며 살리라

- 아등바등 움켜잡아 봐야
그것 다 헛것 아니더냐

- 이제 더는 내게
손 벌려 내밀지 말아다오

- 우리네 인생 오늘도 내일도
빈손으로 울며 왔다가
빈손으로 입 다물고 가는 것

무섬 서시

처음엔 '물섬'이라고 했다
차차 세월이 흐르면서
물에 깎이고 구름에 깎이고
바람에 깎이면서 '무섬'이 되었다
깜장 고무신 신고 은모래 금모래 밟으며
까까머리 동무들과 달리던 시절이었다
회룡포나 하회보다는 작지만
마을을 감도는 물소리는
아직도 카랑카랑 지지 않는다
오늘도 도도하게 우리를 부르며
어서 오라고 와서 쉬어가라고
구름 함께 바람 함께 손짓하고 있다
손은 빈손이어도 좋다
발은 맨발이어도 좋다
갈 때는 손 가득 바람 담아가고
발바닥에는 은모래 금모래 다닥다닥 묻혀가도 좋으리
언제든 달려가면 하얀 물소리 들을 수 있다
텃밭을 맴도는 바람소리는 그냥 가져가도 된다
경북 영주시 문수면 수도리

그곳에 섬 하나 있다
가만히 서 있기만 해도 마음 절로 순해지는
한 송이 연꽃처럼 물 위에 떠 있는 마을
그 섬이 무섬이다

저녁

저녁이면
모든 살아 있는 것들이
더 수런거린다

꽃은
바람과 바람 사이에서
참새는
나무와 나무 사이에서
강은
물소리와 물소리 사이에서
하늘은
구름과 구름 사이에서
사람은
사람과 사람 사이에서

아침보다 더
우리들 살 속의 피를 끓어오르게 하고
아침보다 더 황홀하게
우리들 얼굴을 타오르게 한다

저녁이면
모든 살아 있는 것들이
저마다 꿈틀거리며 기어나와
꿀벌처럼 다시 잉잉거린다

江

살다가
울고 싶을 때
나는 자주 江으로 갔다
한 잎 앉은뱅이제비꽃처럼
내 몸을 말고 앉아
손가락 사이로 江물을 하염없이
흘려보내곤 했다
먼 그대여,
오늘 내 몸에 돋은 상처가
내일 그대의 상처가 되어 흐르더라도
나를 잊지 말아다오
뉘엿뉘엿 지는 江물은
그냥 저만치서
마른 풀잎처럼 흔들리다가
입 꾹 다물고 나를 돌아다볼 뿐

꽃

바람이 오지 않아도
꽃은 저 스스로 흔들리며 큰다

안으로 안으로
제 몸을 덥히며
스스로 제 키를 높인다

꽃은 피는 것이 아니라
제 스스로 몸을 흔들며
붉게 불을 지피는 것이다

가만히 들여다보면
바람이 꽃을 흔드는 것이 아니라
꽃이 바람을 흔드는 것이다

별
- 무섭시편 2

밤에 무섬에 와서
가만가만 별을
쳐다보고 있으면
모래 사이로 빠져나가는
은빛 물소리 들린다

가만 귀 기울이면
저희들끼리 야식을 나눠먹는지
바삭바삭 소리도 난다

무섬에 오면
내 몸에서도
물소리 소곤소곤 흐르고

별들도 두엇 그만
하늘에서 내려와
같이 외나무다리를 건넌다

밤에 무섬에 오면 안다

내가 별을 닦는 것이 아니라
별이 나를 닦는다

꽃향

우연이라고 하기엔
우리의 사랑은 너무 닮았다

너는 나에게
나는 너에게
우리는 하나의 꽃주머니였다

비가 와도
날이 흐려도
눈보라 몰아쳐도

우리는 끄떡없이
두고두고 피워내는
꽃향이다

우리의 사랑도 그렇다
늘 그 향기 속에서 살게 한다

꽃 속의 꽃이여

꽃의 꽃이여

오늘도 우리는 눈물겹다
그 냄새가 우리를 키운다

부처님 오신 날에

무릇,
절에 가려는 자는
먼저 일주문을 통과해야 한다

세속의 경계를 지우면서
내 몸에 경적을 울려야 한다

내 기복보다
세상의 기복을 위해
두 손을 모을 줄 알아야 한다

빈손을 펼쳐보이며
나란히 내 몸에 일주문을 세우고
부석사 오르는 길

무릇, 오늘 하루
부처님을 만나보시려거든
가슴속 저몄던 욕심 다 내려놓고
한 걸음 한 걸음 일주문을 지나야 한다

하늘에는 어언
부처님 웃음소리 번지고
오르는 돌계단마다 연꽃이 핀다

호박이 전하는 말

살면서 제발 호박씨 까지 말고 살아라
살다 보면 이런저런 거짓말 하며 살 때 많지만
그래도 나처럼 허름한 시골집 담장 밑에
제일로 펑퍼짐하게 퍼질러 앉아
그냥 푸른 하늘만 쳐다볼 줄만 안다면
세상 근심이야 한갓 사치일 뿐이다
그래, 제발 꾸미지 말고 있는 그대로
기초화장만 잘 하고 살아라
때로는 그게 훨씬 이쁘게 사는 방법이다
아직 몰랐다면 가슴팍에 잘 새겨두어라
뭐니 뭐니 해도 호박이 내겐 가장 잘 어울리는
이름이니께

모든 노래

모든 노래는 모든 순간에 있다
꽃의 노래는 꽃이 피는 순간에 있고
꿀벌의 노래는 꿀벌이 날개를 펴는 순간에 있다
바람의 노래는 바람이 꽃잎에 닿는 순간에 있고
밥의 노래는 숟가락을 밥그릇에 대는 순간에 있다
순간이 생명이다
순간이 모든 노래의 시작이고 끝이다
사랑하는 사람아, 이 노래를 들어라
세상의 모든 노래는 세상의 모든 순간에 있다

2부

아버지의
죽비

보고 싶어서

갑자기 네가 보고 싶어서
종이를 꺼내 그림을 그린다
먼저 너의 눈과 입술을 그리고
다음엔 너의 조그만 발을 그린다
그러면 네가 나를 보는 것 같고
나에게 뭔가 말을 하는 것 같고
곧장 내게로 달려오는 것만 같다
보고 싶어서 종이 위에 너를 그리면
너는 밤하늘의 별보다 더 반짝이고
밤하늘의 보름달보다 더 밝다
보고 싶어서 연필을 들고 너를 그린다
그러면 너는 내게 와 한 송이 연꽃으로 핀다

형님의 하모니카

형님의 하모니카
- 나이 67세
나보다 4살 많은 하모니카다
- 兄뻘이다
형님 나이 열세 살 때부터 불던 하모니카다
처음 불던 노래는 이원수 선생의
고향의 봄이고 요즘은 아리랑, 클레멘타인,
해는 져서 어두운데 시작하는
고향생각, 메기의 추억이 주 메뉴다
가만히 보면 발라드 곡에서 안단테로 가고 있다
세월이 참 재바르다 숨 한 번 쉬지 않는다
그놈은 도무지 인정사정이 없다
오늘 아침 밥상머리 앞에 말없이 놓인 하모니카
- 쓸쓸히 노래도 나이를 먹는가 보다
흐린 봄날 아침, 오늘도 여전히 텃밭 너머에서
꼬끼오 닭 소리 한 소절 넘어온다

늙어가는 아내

젊어서는
시도 때도 없이
대못 치듯 탕탕
나를 못질하던 아내가
웬일인지,
눈 밑 주름살 하나씩 불어가면서
작은 나사못처럼
내게 와 돌돌 감기는 날이 많아졌다
창문을 비집고 들어오는
가을 햇살 속에 감은 머리카락을 말리면서
나풀나풀 나비처럼 손을 흔들며
흘러나오는 FM 라디오의 볼륨을
한 뼘 더 높인다
- 인생 뭐, 별거 있어
발장단 치며 아내는
갈수록 말랑말랑한 낙천주의자가 된다
아아, 그러나 아내여
낙천주의자도
염세주의자도 아닌 나는

오늘 아침 출근길 나의 등을 떠미는 햇살보다
당신 웃음이 더 두렵고 무섭다

임병호 詩人

임병호 시인은
경북 안동 사람이다

사람이 좋아
개나 돼지도 다 좋아한다

세상이 답답했는지
늘 맨발이다

酩酊 임병호
시집 두 권으로 남은 사내!

그는 술 마신 날이
맨정신으로 사는 날이고

술 안 마신 날이
정신 나간 날로 사는 날이다

숭늉
- 어버이날에

어릴 적
어머니는 늘
우리에게 밥그릇을
다 채워주고 나서
혼자 부엌에 서서
달그락 소리를 내셨다

그때는 몰랐었다

오늘은
어머니! 불러놓고

혼자 목이 멘다

아, 신경림
- 선생님 영전에

내가 선생님을 알게 된 것은
창비시선1 농무를 사고부터였다
1979년 무렵이었다
시 농무와 목계장터를 읽고 그만
늦은 밤 시골집 텃밭 쪽 방문을 열고
멍하니 밤하늘만 쳐다보던 시절이었다
선생님은 1935년 충주생이셨다
삶은 새재에 걸린 구름이었다
쏘주보다 시골장 막걸리였다
나무를 봐도 흉터를 먼저 보셨다
잘난 사람보다 힘없고 가난하고
못난 사람을 더 쓰다듬으셨다
그때도 그랬지만 지금도 그랬다
모습을 떠올리면 시골장터 모퉁이에 앉아
오늘도 전을 펴신 구수한 아저씨였다
만나 손을 내밀면 늘 수줍은 새악시였다
2024년 5월 22일 아침 8시 17분,
그러던 선생님이 우리들 곁을 떠나셨다
한 그릇 숭늉 같은 선생님,

한 다발 시만 남기고 하늘로 올라가셨다
오늘 아침, 다시 시집을 꺼내 농무를 읽는다
이 시대의 가난한 사랑 노래를 읽고
이윽고는 시집 언저리를 쓰다듬으며
다시 갈대로 눈을 감는다
오늘 육신은 우리들 곁을 떠나셨지만
마음은 늘 우리들 곁에 남아 웃어주시리라

아, 선생님!

아버지의 죽비

　- 省墓

아버지, 지금 내가 부패하고 있어요
갈수록 맛이 떨어져 가고 있어요
간 좀 맞춰주세요
어쩌면 좋아요
시간은 갈수록 내 몸을
새까맣게 칠하고 있어요
똑바로 살려고
아무리 발버둥 쳐도
내 밥줄에 내가 묶여
어떻게 해 볼 수가 없어요
안 되겠어요
이대로 가다가는 큰일 나겠어요
아버지, 어디 계세요
내가 졸 때마다 얼른 오셔서
하루 한 대씩만 세게
내 어깻죽지를 바로바로 쳐주세요

아, 아버지

가시고기
- 어버이날에

일곱 자식에게
다 뜯어 먹히고
더 이상 나눠줄 게 없어
뼈만 남은

우리 아버지

오늘도 기우는 술잔마다
시퍼렇게 멍이 들었다

두 개의 달
 - 아버지와 아들

저녁 8시
하늘에
반쪽 달 하나 떠 있다

- 아버지,
달이 반밖에 안 남았어요

- 야야, 아니다
아직 반 남아 있다

안 보이냐?

추석, 아버지의 소원

오늘은 달도 하나밖에 안 떴다

그놈의 세상 소원 다 들어줄라카먼

야야, 저 달도 억수로 피곤하겠다

춥다, 그만 이불 꺼내 자자

내사 내 소원은 누가 주워가게

저 담쟁이넝쿨 담장 너머에 훌쩍 다 던져놓아삘란다

오늘도 나는 배가 부르다

작년 3월 여동생이 내게 맡긴
산언덕 열 평 남짓 텃밭에 상추씨를 뿌렸다
할매 엉덩이 같을 호박도 몇 줄 심고
옛날 쇠스랑 쟁기로 흙을 파고
골을 내어 고추도 심었다
시월이면 열매들이 주섬주섬 맺힐 것이다
아기자기한 풀벌레 소리도 한 통 여물 것이고
푸른 가을 하늘도 호박잎에 내려와 놀다 갈 것이다

아, 오늘도 나는 배가 부르다

나는 나를 믿지 않는다

도대체 나는 나란 놈을 믿을 수 없다
하루에 딱 한 번 맘에 들고 대여섯 번은
맘에 들지 않는다
마음은 산수유 가지에 앉아 쨋쨋거리는
참새 깃털보다 가볍고
약속 바꾸기는 식은 죽 먹듯 하고
정의를 외치면서 막상 불의를 보고도
모른 척 외면하기 다반사
돈 보기를 돌 보듯 하기로 해놓고
돌아서면 깜박 까먹기 일쑤다
입술은 의義를 말하면서 몸은 이利를
좇아 움직인다 나란 그런 놈이다
나를 어둑한 뒷골목으로 끌고 가
뒤지도록 한번 두들겨 패야 한다

나의 무소유

오늘부터 그동안 내가 쓴 시 200편 중에서
내 등줄기를 후려칠 만한 시 몇 편 정도 찾아 골라내고
나머지는 버리기로 했다

살면서 과도하게 머리에 담았던
욕망과 명예와 사심은 이제 그만
발아래 내려놓기로 했다

옷장에 걸어놓고 입지 않던 옷은 거둬내고
당장에 필요한 옷가지만 몇 벌 걸어두기로 한다

살다가 부딪치는 슬픔과 고통은
당연한 것이라 여기며 군말 없이
받아들이기로 한다

나를 내세우기보다 너를 먼저 내세우게 하고
비판보다 칭찬을 넉넉하게 하기로 했다

새소리로 나의 귀를 채우고

푸른 하늘을 자주 쳐다보며
내 눈을 맑게 맑게 헹구기로 했다

쓸데없는 것을 줄이고
쓸모없는 것을 버리고
지나치게 분에 넘치는 것에
더 이상 마음 두지 않기로 했다

놓치고 싶지 않은

늦어서
놓치고 싶지 않은
버스

가만
하늘 쳐다보다
놓치고 싶지 않은
구름

지금 막
내 귀를 스치며 지나가는
놓치고 싶지 않은
바람

아! 따뜻해서
놓치고 싶지 않은
손

살다가
살다가
놓치고 싶지 않은
生

나의 經典

나는 내 삶과 싸우기 위해 詩를 쓴다
이 말은 나의 경전이다
아니다 오늘도
나는 詩를 쓰기 위해 내 삶과 싸운다
이 말은 더 큰 나의 경전이다
이 말을 금과옥조로 살아온 지
훌쩍 40년이 다 지나갔다
그러나 어느 누구도 내게
술 한 잔 밥 한 그릇 대접해 주지 않았다
아하, 이제야 알겠다
어느 벚꽃 잎 우수수 지는 봄날
나의 경전은 나의 기쁨이 아니고
나의 행운이 아니라
나의 슬픔이고 나의 고통이고
나의 울음이었다
먼 데 바람에 실려
벚꽃 잎 한 장
내 손등에 아슬아슬 날아와 앉는다

3부

불평등의
기원

사랑에 대한 짧고 긴 보고서

너무 집착하면 못써요
내 눈에 콩깍지가 끼거나
가시가 가득해질 수 있어요
기쁨보다는 슬픔이
더 오래 사랑을 지탱시켜 줘요
너무 오래 기다리게 하거나
너무 자주 보지 마세요
그대여,
사랑도 적당한 거리가 필요해요
나무가 나무를 바라보듯이

블랙홀

자칭 문단의 별 볼 일 없는 시인이라면서
그래도 천신만고 끝에 시집을 내었다고
그래서 출판기념회를 연다고
후배가 내게 전화를 걸어왔다
그래도 그게 어디냐고 한마디 거들어주었다
시단에도 끼리끼리 빈부격차가 심한데
소위 이름깨나 알려진 시인의
몇 번째 시집을 낸 출판기념회에는
얼굴 도장 찍으려고 머리 싸매고 들이미는데
변방 낯선 시인에게는 겨울 찬바람만 모인다
나는 저무는 저녁 어스름을 타고
막걸리 한 병과 쥐포를 들고
어기적어기적 그에게로 걸어가는데
한줄기 눈보라는 마구 내 등줄기를 후려갈긴다
아, 이 땅의 시인들아 블랙홀을 조심하여라
그곳에는 시가 없다
오로지 시인만 있을 뿐이다

불평등의 기원

따지고 보면
약한 자가 불행해지는 것은
강한 자만 너무 많이 가졌기 때문이다

약한 자의 방 평수가 열 평밖에
안 되는 이유는
강한 자가 백 평 방을 차지하고 있기 때문이다

약한 자가 얇은 접시에 얹힌
나물만 먹고 있는 것은
가진 자의 금쟁반에 너무 많은
고기가 담겼기 때문이다

약한 자가 눈물을 흘릴 때
강한 자는 미소만 흘렸고
약한 자가 분노를 외칠 때
강한 자는 조롱하기만 했다

세상은 약한 사람만 살아도 불행이고

세상은 강한 자만 살아남아도 불행이다

보아라,
누군가가 웃고 있을 때
누군가는 울고 있다

오늘도 꽃은 피고 있고
오늘도 강물은 흐르고 있고
하늘은 여전히 우리들 머리 위에서
푸르게 떠 있다

칭찬의 수사학

칭찬을 하려면 때를 놓치지 마세요
너무 빠르면 아첨이 되기 쉽고
너무 늦으면 시기나 질투가 되기 쉬워요
너무 말이 많으면 빈말이 되기 쉽고
너무 말이 적으면 시큰둥 오해받기 쉬워요
살면서 서로서로 잘 지내려면
칭찬을 하는 기술을 익혀야 해요
늘 그때그때를 놓치지 마세요
괜히 지나가는 말로 상처주거나 상처받지 마세요
살아보니까 칭찬은 늘 적당한 게 제일 좋아요
너무 더하지도 빼지도 마세요
내 자존심도 살리고
남의 자존감도 살리는 게 중요해요
그러나 혀 속에 꾸겨 넣어두고
인색하게 너무 억지로 아끼지는 마세요

봄, 코로나
- 春來不似春

식탁에 멸치 두어 마리 꺼내놓고
홀짝홀짝 끊었던 소주를 마신다
고개 들어 창밖을 바라보면
하루 종일 텃밭에 갇힌 봄
노랗게 싹을 틔우던 산수유도
그만 부르르 몸을 떤다
내려다보던 구름도 발걸음을 멈췄다
텃밭 너머 사과밭 흰둥이도
흰꼬리를 내리고 짓지 않는다
멈춰라, 봄
내년에 다시 오너라

탁, 들었던 소주잔 내려놓는다

작은 기도를 위한 기도

그래요
새해에는
아침 햇살보다 내가 먼저
아침 창문을 열게 하소서

그래요 새해에는
큰 기쁨보다는
작은 아픔이나 조그만 슬픔에
더 오래 눈길 머물게 하소서

살아갈 날보다
살아있는 날을 더 소중하게
가꾸게 하소서

길 가다
넘어진 자전거 한 대라도 있으면
세워주고 가게 하소서

정말이지

새해에는
기도를 위한 기도는
하지 않게 하소서

추모의 집, 장례식장을 나오다가

나는 죽은 자보다 산 자를 더 장례 치르고 싶다
이유 없이 욕하는 자
편견을 가진 자
귀보다 입이 큰 자
분노를 보고도 가만히 있는 자
입은 똑바르지만 말을 삐딱하게 하는 자
자꾸 빈정거리는 자
앞에서는 웃다가 돌아서서는
뒤통수를 치는 자
겉과 속이 너무나 다른 자
살면서 눈알만 굴리는 자
양심과 진실 앞에서
한없이 빨갛게 밑줄을 긋게 하는 자
나는 오늘 그런 자들을 장례 치르고 싶다
내 수첩에서 압정으로 꾹 눌러버리고 싶다
우리는 잊지 말아야 한다
그가 어떻게 죽었는가보다
그가 어떻게 살았는가를

살아서 살아서 우리가 어떻게 그를
추모하게 되는가를

어깨

살수록
소중해지는 곳이 있다

당신의
눈보다도

당신의
가슴보다도

더
소중한 곳이 있다

살면서
내가 힘들 때마다

살면서
내가 슬퍼질 때마다

기대고 싶은 곳

날마다
따뜻해지는 곳이 있다

오늘도
내 울음을 풀어주는 곳

거리 두기

당신과 나 사이
적당한 거리가 필요해요

우리
너무 가까이도
너무 멀리도
않기로 해요

살다가
나중에
상처가 되어

우리
서로서로
다치지 않게!

살면서
우리 그렇게
꽃피기로 해요

슬픔을 넘어

누런 똥개 한 마리가
한여름 땡볕 나무 그늘을 깔고 앉아
제 양은 밥그릇 테두리를 싹싹 핥고 있다
(싹쓸이가 따로 없다)
빨갛게 단 제 혓바닥이
양은그릇에 다 비칠 때까지
먹어야 산다는 게 어떤 건지
온몸으로 보여주면서
슬쩍
여름 나뭇잎 너머로 사라지는
매미 한 마리 쳐다본다
제 옆구리에 달라붙는 파리 떼를 쫓으면서
얇은 밥숟갈 같은
제 혓바닥을 오늘도 자꾸자꾸 날름거린다

마스크를 벗자

- 코로나19에 부쳐

이젠 마스크를 벗자
너의 얼굴에서 나의 얼굴에서
까맣게 탄 얼굴을 벗어던지자
불안한 손도 그만 씻고
근심 어린 얼굴로 그만 쳐다보자
그간 가려졌던 얼굴을 벗어던지고
이젠 봄 햇살 가득한 맨얼굴을 보자
이젠 감췄던 얼굴 봄꽃처럼
환하게 바라보자
누구 때문이라고
손가락질도 하지 말자
누구 때문이라고 원망도 말자
봄이 왔다 산 넘고 들 건너
강 건너 바다 건너 우렁찬 봄이 왔다
손뼉을 치며 우리들 옷깃 여며주며
봄 햇살같이, 봄 햇살같이
서로의 이마를 짚어주자
창문을 열자 푸른 하늘을 보자

마음의 빗장을 풀자
등 푸른 오늘을 살자

행복 · 1

한 女子 서천* 둑길을 걸으며
흥얼거린다

둑길 가에 핀 장미 한 송이 쓰다듬어 주며
옆에 붙어 선 금계국에게도 허리를 굽힌다

흥얼흥얼 목소리
꽃잎에 닿을 때마다
꽃잎은 저마다 더 몸을 흔든다

그렇다
살면서 천국의 門이 열리는
시간은 따로 없다

붉고 노란 꽃잎
바람에 흔들릴 때마다

푸른 하늘 하나씩 하나씩 내려와

다시 열리고 있다

* 서천: 영주 구성공원 아래 흐르는 강

한 방울의 물

처음 한 방울의 물이
빈 물통을 가득 채우게 하고
처음 한 방울의 물이
커다란 바위 밑에 움츠린
새싹을 밀어 올리게 하고
처음 한 방울의 물이
산길을 오르는 이의 마른 입술을 적셔주는
옹달샘이 되게 하고
은어 떼 뛰노는 강물이 되게 하고
처음 한 방울의 물이
거친 바다 사내들의 수평선이 되게 하고
처음 한 방울의 물이
메마른 땅에 꽃씨를 뿌리게 하고
흙 속 뿌리를 어루만져
꽃나무의 꽃을 피게 하고
처음 한 방울의 물이
숲속 새들을 날게 하고

그렇지 않더냐

처음 한 방울의 물이
긴 겨울을 보낸 자들의 손으로
마침내 우리들의 하늘을 열게 하고

새해 첫날에 쓰는 詩

새벽에 깨어
창 너머 닭 소리 들으며
새해라고 그래도 내가 詩人이라고
마음 다잡아 새해 소망을 적어본다
- 시 100편 쓰기
- 책 50권 읽기
- 이웃돕기 성금 내기
- 남 잘되는 것 질투하지 않기
- 말하다 내가 먼저 성질내지 않기
- 길 가다 쓰러진 사람 일으켜 주기
- 소원성취 만사형통 나만 하지 않기
- 새해 복 많이 베풀기
- 화났을 때 열 번 숫자 세기
- 정직하고 착하게 나를 속이지 않기
적어도 적어도 끝이 없다
안 되겠다 이러다간 하나도
다 못 지키겠다 다 글렀다
그래, 새해 첫 소망은 딱 한 줄로 줄이자
- 作心三日 하지 않기!

얼른 마음을 비우고
내 마음에 콱, 線 하나 그어넣는다

詩人의 시급

詩 한 편 달랑 써봐야 3만 원이다
그것도 1년에 서너 번 얻어걸릴까 말까다
3만 원짜리 시 한 편 쓰려면
꼬박 한 달이 걸릴 때도 있고
일주일이 걸릴 때도 있다
재수 없으면 토씨 하나 넣고 빼느라
일 년도 걸릴 수 있다
희노애락애오욕,
다 쓴 치약 짜내듯
가슴속에서 짜내야 한다
詩人은 이런 놈이다
일생을 담보 잡혀
명작 한 편만 써도
낄낄거리는 참, 형편없는 놈이다
그들의 시급은 달랑 詩 한 편이다
이걸로 족한 웃음을 죽을 때까지 짓는 놈이다
구천팔백육십 원이 아니다

4부

白碑를
바라보며

명함집

갈수록
얇아졌다

만나야 할 사람이
줄어든 것이 아니라

만나지 말아야 할 사람이
불어난 것이다

갈수록 세상이
얍삽해졌다

가시

내 혀 밑에 박힌 가시를 빼느라
일주일 넘게 걸렸다

늘 큰 가시보다
잔가시가 나를 더 성가시게 했다

살다 보면 힘들고 괴로운 일보다
가슴에 박히는 사소한 말 한마디가

더 큰 못이 되어
더 오래 나를 벽에 걸어놓았다

장도리를 들고 달려들어도
잘 뽑히지 않는다

병病

한 며칠 앓고 나니
세상이 다 수척해 보였다

아침마다 잡던 방문도
산등성이를 넘어오는 아침 햇살도
다 삐걱거려 보였다

길가 나를 반겨주던
푸른 느티나무도

강가 어슬렁거리며
나와 놀아주던 바람 소리도
다 맛이 가버렸다

산다는 게 다 병이다

좀 덜 아프고
좀 더 아프고 할 뿐이다

구석

살다 보니 만만한 게
구석이라는 걸 알게 되었다
길을 가다가 남몰래 오줌을 갈길 때도
우리는 하나같이 구석을 찾아 허리띠를 푼다
살다가 지쳐 힘들 때도
부끄러워 손으로 얼굴을 감쌀 때도
우리는 망설임 없이 구석을 찾는다
가만히 내리쬐던 햇살도
저만치서 그냥 눈만 힐끔거린다
구석은 늘 2등석에만 존재한다
식은 밥처럼 둘러앉아
저희들끼리만 숟가락을 부딪치며
그믐달처럼 야금야금 야위어가고 있다
구석은 구석만이 그 아픔을 읽고
서로의 얼굴을 쳐다보며
서로서로 이마를 짚어주고 있다
구석의 마음은 구석만이 안다
구석은 늘 구석에 쳐박혀
오늘도 내게 영 말 한마디 건네주지 않는다

白碑를 바라보며

저건 다만 깎아 놓은
한 덩이 돌이 아니다
그냥 반듯이 누워있는
한 개 돌덩이가 아니다
저건 저건 말이다
아직 누군가 숨 쉬며
턱턱 내뱉는 숨소리다
지금도 뚝뚝 흘리고 있는
누군가의 슬픈 눈물이다
아직도 감지 못한
그날의 붉은 눈동자다
아니다 아니다 저건
한라산 통곡소리다
아직도 못다 한 서귀포 앞바다
다랑쉬 동굴의 한 맺힌 절규다
슬픈 그날의 함성이다
쟁 - 쟁 - 쟁
오늘도 내 귀에 대고 포효한다
단 1초도 잠들지 말라고

단 1초도 그날을 잊지 말라고
지금 이 순간을 똑똑히 기억하라고

아, 저건 저건 말이다
누군가 누군가 깨다 만
한가한 石工의 한 덩이 돌이 아니다

상처

살다 보니
상처가 나를 길들인다

손을 내저어
물리치지도 말고

소리 높여
화내지도 말자

고요히
아침을 맞이하듯

활짝 팔 벌려
고맙다 고맙다
인사를 하자

내 살점을 물어뜯던
어젯밤의 상처가

오늘 아침
내 가슴에서 꽃처럼 피어나
나를 키운다

어떤 전설

그는 만날 때마다
히죽거리며 이렇게 인사를 한다

- 어딜 가세요

길모퉁이나
외딴 골목길이나
넓은 대로에서나
가리지 않고
부딪칠 때마다 고개를 숙인다

그러던 그가 어느 날 보이지 않는다

산 너머 구름이 내게 알렸다
그가 죽었다고
지나던 바람이 내 귀에 속삭였다
그는 다시 오지 않는다고

먼 데서 보기만 해도

쪼르르 내게 달려와 넙죽 인사를 하던
그가 죽었다

쉰두 살 더벅머리 노총각

나를 성가시게 굴던 그는 이제
어데서도 볼 수 없게 되었다

돌아서며 깊이깊이 손 흔들어주던 모습은
이제 더 이상 볼 수 없다

날이면 날마다 내게 바보처럼 인사를 하던 그가
이제 더는 내 눈 앞에 나타나질 않는다

- 어딜 가세요?

행복 · 2

형님 집 뒤 텃밭은
이제 내 것이 되었다
열 평 남짓하지만
내 손에 호미자루 들려지면
만 평을 호가한다
전라도 만경평야
하나도 부럽지 않네
날마다 텃밭 너머 닭 소리 들으며
흙냄새 캐내 주워 담으니
담장 너머 세상 권세 따로 없다
금은보화 내게 가득 넘치니
내일 아침 그대 와서
가슴 가득 챙겨가도 좋으리

사라져버린 것들

부채 대신
선풍기를 돌린다

깊은 산 속
손바닥으로 떠먹던
계곡물보다

냉장고의
콜타르빛
콜라를 더 즐겨 마신다

이름 대신
초인종을 누른다

한가한 사람

나이 들어
어느새 나도
한가한 사람이 되었다

봄 풀
더욱 푸릇푸릇해지는 날
한가하게 들길을 걸으면

황송하게도 우주는
내게 내려와
더욱 깊어지고 있었다

더욱 한가하게
이제야 나도
잠시 세상을 떠나
오롯이 나의 우주 속으로
들어가고 있었다

한가하게

참으로
비로소

오래 전에 헤어졌던
나와 만나고 있었다

정말?

착하게 살아야 복을 받는다
마음이 가난한 자는 복을 받는다
참는 자가 이긴다
참을 인 자 세 개면 살인도 막는다
되로 주고 말로 받는다
오른쪽 뺨을 맞았으면 왼쪽 뺨도 갖다 댄다
목마른 자가 우물을 판다
왼손이 한 일을 오른손이 모르게 하라
고통 끝에 낙이 온다
인내는 쓰나 그 열매는 달다
가는 말이 고우면 오는 말이 곱다
달리는 말에 채찍질하면 더 잘 달린다
집이 화목하면 모든 일이 잘 된다
닭의 모가지를 비틀어도 새벽은 온다
열 번 찍어 안 넘어가는 나무 없다
열흘 붉은 꽃 없다
원수는 외나무다리에서 만난다
하나를 가르치면 열 개를 안다
사공이 많으면 배가 산으로 간다

94

미운 놈 떡 한 개 더 준다

보기 좋은 떡이 더 맛있다

남의 손에 든 떡이 더 커 보인다

한 번 인연이 평생 인연 된다

열 길 물속은 알아도 한 길 맘속은 모른다

깊은 강은 조용히 흐른다

낫 놓고 기역 자도 모른다

언제 밥 한 그릇 하자

- 정말?

말장난 같지 않은 말장난

나는 늘 말의 바깥에서 빙빙 돈다
내가 말의 中心으로 들어가려 하면
말은 쏜살같이 내게서 달아나고
내가 달아나려고 하면
말은 마냥 코를 킁킁거리며 내게로 다가온다
살다 보면 자주 中心이 바깥이 되고
바깥이 中心이 된다
말장난 같지 않은 말장난이
말장난 같은 詩를 쓰게 한다
살아가면서 가꾸는
삶의 품격도 가끔 말장난 같다는 생각이 든다

귀

나에겐
귀가 없다
나에겐 손이
나의 귀다
나의 손이 쓰는
단 한 줄의 시가
나의 귀다
오늘도
상하지 않게
살아야 한다고
내 하얀 손 들여다보며
자꾸자꾸 얼굴이 붉어진다

똥과 詩

재래식 화장실에
쪼그리고 앉아
어제 저녁
안동 예술의 전당 북 콘서트에서 받은
시인의 시집을 읽는다
배는 살살 자꾸만 꼬이는데
밑구멍 그것 소식은 아직도 캄캄하다
정녕, 詩도 그렇다
이마를 부여잡고
온밤 내내 끙끙대도
그게 시원스레 잘 나오질 않는다
무한 허공 아래로
그것을 떨어뜨리는 일이나
무한 허공 입술 밖으로
그것을 뱉어 내놓는 일이
문득 하나라는 생각을 했다

깨어진 화장실 문틈 사이로
살살 늦가을 햇살이 번지는 아침

오늘의 승자는 누구인가

돌아보라
당신은 오늘의 승자인가 패자인가
단 한 줄의 詩도 써 본 적이 없는
당신은 누구인가
단 한 번의 적선도 베풀어 본 적 없는
당신은 누구인가
저 지하철 구석에 웅크리고 앉아 우는 이를 위하여
아직 한 번도 울어 준 적이 없는 당신은
승자인가 패자인가
돌아보라 돌아보라
오늘도 점심때면 어김없이
뜨거운 국물에 밥을 말아 먹고
이쑤시개로 이빨을 쑤시며 걸어나오는
당신은 패자인가 승자인가

시詩

살아있게 하라
손끝에서 말고
심장 속에서

늘 눈 떠 있게 하라
눈꺼풀에서 말고
까만 눈동자 속에서

늘 두드려라
허공에서 말고
바로 발 앞에서

삶을 비틀어라
비정상 속에서
핵심을 찾아라

아, 시인아
모순은 네 운명이다
그 속에서 건져 올려라
고래처럼 요동치게 하라

은빛 문예반 시 창작 교실

유치환 시인의 시를 가지고
이야기를 하는데 할미 한 분이
자꾸 묻는다 귀가 어두운 건지
눈이 어두운 건지 아니면 둘 다인지
자꾸만 유치한으로 읽고
유치한으로 쓴다
몇 번을 고쳐 말해도 도대체
입 꾹 다물고 막무가내다
아, 내가 유치하다는 건지
시가 유치하다는 건지
내 두 귀도 가물가물
두 눈도 아찔아찔
늪에 빠진 듯
도무지 헤어날 길 없는
가을, 어느 아침 문예반 시 교실
그래도 창밖 푸른 하늘에는
전혀 유치하지 않게 흰구름은 둥둥
땅 위 풀잎에는 어젯밤 눈곱을 닦는
고추잠자리 한 마리

뒤통수치는 사람

어릴 적 어느 날 길가에 가만히 서 있다가
한번 뒤통수를 맞아 본 적 있는가
아무 영문도 모른 채
그냥 맞아 본 적 있는가
야, 임마! 하면서 맞아 본 적 있는가
그래놓고 미안하단 말 한 줄 없이
사라진 그놈을 기억하고 있는가
그 생각만 하면 아직도 내 뒷목이 얼얼하고
아까징끼를 바른 듯 벌겋게 부어올라 뻣뻣하다
이제 나이 들면서 보니
내 뒤통수를 치는 사람이 많아졌다
앞에서 헤헤 웃어주던 사람이었다
갈수록 사는 일이 고문이 되는 날
오히려 그때 길가에서 내 뒤통수를 치고 달아난
친구 손바닥이 더 그리워졌다
한 대 더 맞을 걸 그랬다
그게 나이 들어 맞는 뒤통수의 아픔보다
한결 더 시원했으리라

살면서 알면서 맞는 뒤통수가
얼마나 더 원통하고 억울한가

자연과 욕망의 절제,
그리고 올곧은 시정신

김용락
시인, 문학평론가

1.

권화빈 시인은 소백산이라는 큰 영산靈山을 머리에 이고 '무섬' 이라는 아름다운 동네를 가슴에 품고 산다. 소백산과 무섬마을은 둘 다 경상북도 북부지방에 있다. 소백산은 경상도와 충청도에 걸쳐있는 위엄이 있는 산이다. 그 경상도 산 아래 영주와 풍기와 같은 인심 넉넉하고 풍광 수려한 도시가 형성돼 있다. 알려진 바처럼 우리나라의 최초 서원인 소수서원(1541년)이 바로 이 지역에 있다. 그래서 이곳 사람들은 영주지방을 선비의 고장이라고 부른다.

무섬마을은 국가민속 문화유산으로 지정된 마을이다. 낙동강 지류인 내성천이 휘돌아 감는 곳에 풍수와 지리적으로 매화낙지, 연화부수 형국을 띤 길지吉地 중의 길지로 꼽히는 곳이다. 서원은 독서하고 공부하는 곳, 지금으로 치면 대학 같은 교육기관이고 학인을 배출하는 곳이다. 배워서 익히고 행동하며 불의와 타협하지 않는 꼿꼿한 정신의 소유자들을 우리는 학인學人, 선비라고 불러왔다.

그 서원書院이 처음 세워지고, 길지라는 무섬마을이 있어서 그런지는 몰라도 옛날부터 이 영주, 풍기 등에 많은 인재들이 출현했다. 언젠가 나도 무섬마을에 가 본 적이 있는데 지조론의 시인 조지훈의 처가가 바로 무섬마을이고 조지훈 선생의 시가 담장에 새겨져 있어서 인상 깊었던 기억이 있다. 지금도 소백산 아래 영주, 풍기에는 좋은 문학을 하고 아름다운 시를 쓰는 시인들이 여럿 살고 있다.

권화빈은 시인이지만 지역에서는 독서운동가, 문화운동가로 더 유명하다. 그가 독서운동가가 되어 활약하는 데는 "책을 통해 의식을 바꾸어야 한다"는 신념이 깊이 자리 잡고 있다. 그가 이런 생각을 하게 된 데는 1997년 IMF 금융위기로 나라 경제뿐 아니라 속절없이 무너져 가던 주변 사람들의 삶의 모습을 보면서 의식이 똑바로 서면 어떤 어려움도 극복할 수 있고, 인간다운 존엄을 지키면서 살 수 있다는 깨달음을 얻게 된 때문이라고 한다.

의식의 또 다른 말은 사유이다. '코기토 에르고 숨Cotigo ergo sum'이라는 말을 많은 사람들이 알고 있다. "생각한다, 고로 나는 존재한다."는 말이다. 이 말은 철학자 데카르트(1596~1650)가 한 말로 알려져 있다. 주체적 사고의 중요성을 의미하는 것으로 인류에게 계몽주의와 근대를 열어준 언표였다. 인간에게 의식, 생각하는 힘, 주체적 사유만큼 중요한 일은 없다. 그래서 파스칼(1623~1662)도 『팡세』라는 자신의 수상록에서 인간은 먼지보다 연약한 존재이지만 사유한다는 점에서 만물의 영장(으뜸)이라고 주장한 바 있다.

권화빈 시인은 독서를 통해 공동체와 이웃들에게 깨어 있는 의식을 전파하려고 한다. 지역문화공동체를 위해 불철주야로 뛰어다니는, 이런 그의 태도는 추상 같은 선비의 고장인 영주사람답다. 이런 정신은 그의 시에도 일정하게 반영되고 있다.

2.

권화빈 시인의 시는 크게 세 부분으로 나눌 수 있다. 첫째는 무섬마을을 중심으로 한 아름다운 자연풍경을 서정적으로 노래하는 시들로 「무섬 서시」「저녁」「강」「꽃나무에는 꽃만 피지 않는다」「산 아래 산벚나무가 젖어있다」 같은 시가 이 계열에 속한다. 둘째는 욕심을 내지 않는 자기절제의 금욕적인 정신세계를 그리고 있는 시인데 「오늘도 나는 배가 부르다」「나의 무소유」「호박이 전하는 말」 등이다. 셋째는 시에 대한 시인의 존재론적인 태도이다. 이 시편들에서 그의 뜨겁고 치열한 시정신이 잘 드러나고 있다. 「詩人의 시급」「나의 經典」「시詩」「똥과 詩」「블랙홀」 등이 이

에 속한다. 넷째는 역사와 현실에 대한 날카로운 시각과 성
찰이다. 「불평등의 기원」 「白碑를 바라보며」가 그런 시들
이다.

그럼 구체적으로 시를 살펴보자.

처음엔 '물섬' 이라고 했다
차차 세월이 흐르면서
물에 깎이고 구름에 깎이고
바람에 깎이면서 '무섬' 이 되었다
깜장 고무신 신고 은모래 금모래 밟으며
까까머리 동무들과 달리던 시절이었다
회룡포나 하회보다는 작지만
마을을 감도는 물소리는
아직도 카랑카랑 지지 않는다
오늘도 도도하게 우리를 부르며
어서 오라고 와서 쉬어가라고
구름 함께 바람 함께 손짓하고 있다
손은 빈손이어도 좋다
발은 맨발이어도 좋다
갈 때는 손 가득 바람 담아가고
발바닥에는 은모래 금모래 다닥다닥 묻혀가도 좋으리
언제든 달려가면 하얀 물소리 들을 수 있다
텃밭을 맴도는 바람소리는 그냥 가져가도 된다
경북 영주시 문수면 수도리
그곳에 섬 하나 있다
가만히 서 있기만 해도 마음 절로 순해지는
한 송이 연꽃처럼 물 위에 떠 있는 마을

그 섬이 무섭이다

- 「무섭 서시」 전문

저녁이면
모든 살아 있는 것들이
더 수런거린다

꽃은
바람과 바람 사이에서
참새는
나무와 나무 사이에서
강은
물소리와 물소리 사이에서
하늘은
구름과 구름 사이에서
사람은
사람과 사람 사이에서

아침보다 더
우리들 살 속의 피를 끓어오르게 하고
아침보다 더 황홀하게
우리들 얼굴을 타오르게 한다

저녁이면
모든 살아 있는 것들이
저마다 꿈틀거리며 기어나와
꿀벌처럼 다시 잉잉거린다

- 「저녁」 전문

살다가
울고 싶을 때
나는 자주 江으로 갔다
한 잎 앉은뱅이제비꽃처럼
내 몸을 말고 앉아
손가락사이로 江물을 하염없이
흘려보내곤 했다

- 「강」 부분

　인용한 세 편의 시에서 보면 시인은 "살다가/ 울고 싶을
때/ 나는 자주 江으로 갔"는데 그곳에서 그는 "한 잎 앉은
뱅이 제비꽃처럼/ 내 몸을 말고 앉아/ 손가락 사이로 江물
을 하염없이/ 흘려보내곤" 하면서 "상처"를 치유한 것 같
다. 그 강가는 무섬마을을 휘돌아 흐르는 내성천이기도 하
고 낙동강이기도 하다. "오늘도 도도하게 우리를 부르며/
어서 오라고 와서 쉬어가라고/ 구름 함께 바람 함께 손짓하
고 있다/ 손은 빈손이어도 좋다/ 발은 맨발이어도 좋다/ 갈
때는 손 가득 바람 담아가고/ 발바닥에는 은모래 금모래 다
닥다닥 묻혀가도 좋으리/ 언제든 달려가면 하얀 물소리 들
을 수 있다/ 텃밭을 맴도는 바람 소리는 그냥 가져가도 된
다/ 경북 영주시 문수면 수도리/ 그곳에 섬 하나 있다/ 가만
히 서 있기만 해도 마음 절로 순해지는" 그런 곳이다. 이 섬
에서 시적 주체는 "깜장 고무신 신고 은모래 금모래 밟으며
/ 까까머리 동무들과 달리던 시절이었다"고 어린 시절의
추억과 동심을 호명하면서 어린 시절 순수한 영혼의 상태

로 회귀한다.

이 시는 프랑스의 사상가이자 철학자인 루소(1712~1778)의 '자연으로 돌아가라' 라는 경구와 성경의 '어린이만이 천국에 들어갈 수 있다' 는 잠언을 떠올리게 한다. 조화와 화해, 우애야말로 21세기 인류가 추구해야 할 가장 중요한 가치인데 이런 순수하고 조화로운 사무사思無邪의 정신을 일관되게 추구하고 있는 게 권화빈 시의 중요한 특징인 것처럼 보인다.

이런 시정신은 다음과 같은 시로 이어진다.

오늘부터 그동안 내가 쓴 시 200편 중에서
내 등줄기를 후려칠 만한 시 몇 편 정도 찾아 골라내고
나머지는 버리기로 했다

살면서 과도하게 머리에 담았던
욕망과 명예와 사심은 이제 그만
발아래 내려놓기로 했다

옷장에 걸어놓고 입지 않던 옷은 거둬내고
당장에 필요한 옷가지만 몇 벌 걸어두기로 한다

살다가 부딪치는 슬픔과 고통은
당연한 것이라 여기며 군말 없이
받아들이기로 한다

나를 내세우기보다 너를 먼저 내세우게 하고

비판보다 칭찬을 넉넉하게 하기로 했다

새소리로 나의 귀를 채우고
푸른 하늘을 자주 쳐다보며
내 눈을 맑게 맑게 헹구기로 했다

쓸데없는 것을 줄이고
쓸모없는 것을 버리고
지나치게 분에 넘치는 것에
더 이상 마음 두지 않기로 했다

- 「나의 무소유」 전문

작년 3월 여동생이 내게 맡긴
산언덕 열 평 남짓 텃밭에 상추씨를 뿌렸다
할매 엉덩이 같을 호박도 몇 줄 심고
옛날 쇠스랑 쟁기로 흙을 파고
골을 내어 고추도 심었다
시월이면 열매들이 주섬주섬 맺힐 것이다
아기자기한 풀벌레 소리도 한 통 여물 것이고
푸른 가을 하늘도 호박잎에 내려와 놀다 갈 것이다

아, 오늘도 나는 배가 부르다

- 「오늘도 나는 배가 부르다」 전문

전문을 인용한 위의 두 편의 시 「나의 무소유」와 「오늘도 나는 배가 부르다」는 철저한 자기성찰과 욕망의 자기절제에 관한 시이다. "살면서 과도하게 머리에 담았던/ 욕망과 명예와 사심은 이제 그만/ 발아래 내려놓기로 했다"는 말처럼 그간의 과도한 욕망과 사심과 명예를 벗어버리고 입던 옷가지도 꼭 필요한 것만 챙긴다. "내 등줄기를 후려칠 만한 시 몇 편 정도 찾아 골라내고/ 나머지는 버리기로 했다"는 구절처럼 그간 각고의 노력으로 얻은 시마저도 내 등줄기를 후려칠 만한 몇 편만 남기고 버린다는 각오는 결코 예사롭게 얻어지는 정신이 아니다. 이런 정신은 다음과 같은 "산언덕 열 평 남짓 텃밭에 상추씨를 뿌렸다/ 할매 엉덩이 같을 호박도 몇 줄 심고/ 옛날 쇠스랑 쟁기로 흙을 파고/ 골을 내어 고추도 심었다/ 시월이면 열매들이 주섬주섬 맺힐 것이다"는 시에서처럼 농부가 흙을 파듯이 그 동안 권화빈 시인이 자기지역은 물론 전국을 쫓아다니면서 강의하고 실천한 독서운동과 시창작의 노력 끝에 얻어진 값진 정신적인 결론이라고 할 수 있다.

이 시들에서 하나 주목할 것은 권화빈 시인이 열 평의 흙에서 농사를 짓는다는 것이다. 농사는 결국 시인이 흙으로, 자연으로 돌아간다는 의미인데 모든 인간은 흙에서 나서 결국은 빈손으로 흙으로 돌아간다는 사실을 다 알고 있다. 그러나 인간들은 일생이라는 결코 길지 않은 기간 동안 이 지상에 와서 살면서 물신주의 노예, 욕망의 노예로, 만인의 만인에 대한 투쟁 속에서 고통스럽게 살다가 결국은 한 줌 흙으로 돌아가는 것이다.

물론 이런 인간의 욕망을 단순히 인간 생래적인 심성의 발로로만 인식해서는 안 된다. 그것은 자본주의라는 당대의 사회, 문화, 정치적인 제도의 영향이 더 크다고 할 수 있다. 그렇다고 사회주의가 반드시 대안이라거나 더 우월하다고 할 수 있는 간단한 문제는 아니다. 좀 더 완성된 제도, 고양된 인격적 품위를 누리면서 살 수 있는 사회와 제도를 찾고 확립하기 위해 힘쓰고 노력해 온 게 인류사인 것은 누구나 다 잘 알고 있다. 그 과정 중에 대의제라든가 민주주의라든가 같은 현재 인류가 운용하면서 결정적으로 그 영향 아래 묶여있는 시스템 속에서 살고 있는 것이다.

이러한 실존적 노력의 일환이 권화빈 시인에게는 시창작인데 그는 시에 대해서 어떤 생각을 갖고 있는지, 말하자면 시관(詩觀)이 무엇인지 알아보자. 그의 시관이 비교적 잘 나타나 있는 시가 「詩人의 시급」「나의 經典」「시詩」「똥과 詩」「블랙홀」이다.

詩 한 편 달랑 써봐야 3만 원이다
그것도 1년에 서너 번 얻어걸릴까 말까다
3만 원짜리 시 한 편 쓰려면
꼬박 한 달이 걸릴 때도 있고
일주일이 걸릴 때도 있다
재수 없으면 토씨 하나 넣고 빼느라
일 년도 걸릴 수 있다
희노애락애오욕,
다 쓴 치약 짜내듯
가슴속에서 짜내야 한다
詩人은 이런 놈이다

일생을 담보 잡혀
명작 한 편만 써도
낄낄거리는 참, 형편없는 놈이다
그들의 시급은 달랑 詩 한 편이다
이걸로 족한 웃음을 죽을 때까지 짓는 놈이다
구천팔백육십 원이 아니다

-「詩人의 시급」 전문

나는 내 삶과 싸우기 위해 詩를 쓴다
이 말은 나의 경전이다
아니다 오늘도
나는 詩를 쓰기 위해 내 삶과 싸운다
이 말은 더 큰 나의 경전이다
이 말을 금과옥조로 살아온 지
훌쩍 40년이 다 지나갔다
그러나 어느 누구도 내게
술 한 잔 밥 한 그릇 대접해 주지 않았다
아하, 이제야 알겠다
어느 벚꽃 잎 우수수수 지는 봄날
나의 경전은 나의 기쁨이 아니고
나의 행운이 아니라
나의 슬픔이고 나의 고통이고
나의 울음이었다
먼 데 바람에 실려
벚꽃 잎 한 장
내 손등에 아슬아슬 날아와 앉는다

-「나의 經典」 전문

살아있게 하라
손끝에서 말고
심장 속에서

늘 눈 떠 있게 하라
눈꺼풀에서 말고
까만 눈동자 속에서
(중략)

아, 시인아
모순은 네 운명이다
그 속에서 건져 올려라
고래처럼 요동치게 하라

- 「시詩」 부분

    권화빈 시인은 다음과 같이 선포한다. "나는 내 삶과 싸우기 위해 詩를 쓴다/ 이 말은 나의 경전이다/ 아니다 오늘도/ 나는 詩를 쓰기 위해 내 삶과 싸운다/ 이 말은 더 큰 나의 경전이다/ 이 말을 금과옥조로 살아온 지/ 훌쩍 40년이다 지나갔다." 그는 40년간 시를 인생의 큰 경전으로 삼고 살아왔다. 그런 그에게 "그러나 어느 누구도 내게/ 술 한 잔 밥 한 그릇 대접해 주지 않았다"고 술회한다.

    물론 시 쓰는 행위가 누구에게 술과 밥을 얻어먹기 위해서 하는 것은 아니다. 도를 닦는 것과 같은 자기완성과 공동체사회에 조금이라도 선한 영향을 주기 위해서일 것이다. 그렇다고 하더라도 시인에 대한 우리 사회의 대우는 매우 열악한 게 사실이다. 시인을, 예술가를 특별대우 해 달라는 말은 아니다. 그러나 문학과 예술에 대한 사회의 예우는 필요한 것이다.

"詩 한 편 달랑 써봐야 3만 원이다/ 그것도 1년에 서너 번 얻어걸릴까 말까다/ 3만 원짜리 시 한 편 쓰려면/ 꼬박 한 달이 걸릴 때도 있고/ 일주일이 걸릴 때도 있다/ 재수 없으면 토씨 하나 넣고 빼느라/ 일 년도 걸릴 수 있다/ 희노애락애오욕,/ 다 쓴 치약 짜내듯/ 가슴속에서 짜내야 한다"는 게 시이다. 그럼에도 권화빈 시인은 "아, 시인아/ 모순은 네 운명이다/ 그 속에서 건져 올려라/ 고래처럼 요동치게 하라"고 호기롭게 외친다. 시에 대한 이러한 가열한 의지는 바로 자신의 삶과 운명에 대한 가열한 사랑의 표현과 다름없다. 생에 대한 이러한 열정과 뜨거움은 「블랙홀」과 같은 시에서 문단의 현실적인 병폐에 대한 지적으로 이어지고 있다.

따지고 보면
약한 자가 불행해지는 것은
강한 자만 너무 많이 가졌기 때문이다

약한 자의 방 평수가 열 평밖에
안 되는 이유는
강한 자가 백 평 방을 차지하고 있기 때문이다

약한 자가 얇은 접시에 얹힌
나물만 먹고 있는 것은
가진 자의 금쟁반에 너무 많은
고기가 담겼기 때문이다

약한 자가 눈물을 흘릴 때
강한 자는 미소만 흘렸고
약한 자가 분노를 외칠 때
강한 자는 조롱하기만 했다

세상은 약한 사람만 살아도 불행이고
세상은 강한 자만 살아남아도 불행이다

보아라,
누군가가 웃고 있을 때
누군가는 울고 있다

오늘도 꽃은 피고 있고
오늘도 강물은 흐르고 있고
하늘은 여전히 우리들 머리 위에서
푸르게 떠 있다

- 「불평등의 기원」 전문

저건 다만 깎아 놓은
한 덩이 돌이 아니다
그냥 반듯이 누워있는
한 개 돌덩이가 아니다

저건 저건 말이다
아직 누군가 숨 쉬며
턱턱 내뱉는 숨소리다
지금도 뚝뚝 흘리고 있는
누군가의 슬픈 눈물이다
아직도 감지 못한
그날의 붉은 눈동자다
아니다 아니다 저건
한라산 통곡소리다
아직도 못다 한 서귀포 앞바다
다랑쉬 동굴의 한 맺힌 절규다
슬픈 그날의 함성이다
쟁 - 쟁 - 쟁
오늘도 내 귀에 대고 포효한다
단 1초도 잠들지 말라고
단 1초도 그날을 잊지 말라고
지금 이 순간을 똑똑히 기억하라고

아, 저건 저건 말이다
누군가 누군가 깨다 만
한가한 石工의 한 덩이 돌이 아니다

- 「白碑를 바라보며」 전문

    앞서도 잠깐 언급한 바 있지만 불평등의 문제를 최초로
문서로 작성한 사람은 루소이다. 그는 『인간불평등기원론』
(1754년)을 써서 이 문제를 체계적으로 연구했다. 간단하게
말해 인간불평등은 사적 소유, 사유재산 때문에 생겨난다

는 것이 루소의 주장이다(나는 권화빈 시인의 시 덕분에 오랜만에 책장에서 먼지 덮인 루소의 『인간불평등기원론』을 꺼내 다시 일별할 수 있었다. 감사한다).

나는 개인적으로 사유재산제의 폐지를 주장하지는 않는다. 그러나 현재 우리나라와 같이 부의 편재가 심각하고 양극화가 첨예화한 사회라면, 이를 완화하고 해결할 수 있는 정책과 집단지성을 창출해야 한다. 이미 보편적인 상식이 됐지만 우리나라는 세계에서 신생아 출산율이 가장 낮고, 또 노인 빈곤이나 자살률이 가장 높은 나라로 악명이 나 있다. 이런 문제를 특정인이, 어떤 위정자가 해결해 주는 게 아니다. 이것은 우리 모두의 몫이다. 시인은 시인대로, 농부는 농부대로, 상인은 상인대로 국민 모두가 이 문제에 대해 눈을 부릅뜨고 해법과 대안을 찾고 마련해야 한다.

그래서 이 세상은 "세상은 약한 사람만 살아도 불행이고/ 세상은 강한 자만 살아남아도 불행" 한 곳이 아니라 "오늘도 꽃은 피고 있고/ 오늘도 강물은 흐르고 있고/ 하늘은 여전히 우리들 머리 위에서/ 푸르게 떠 있"는 세상으로 만들어야 한다. 이것이 새로운 유토피아이고 시의 정신이고 시대정신이다.

시 「白碑를 바라보며」는 제주 4.3사건을 노래한 시이다. 제주의 비극은 이미 많은 시인, 작가들이 작품으로 형상화해 왔다. 그러나 여전히 그 진실은 제대로 밝혀지지 않았다. 역사의 진실을 밝히고 인권과 민주주의의 전진을 소망

하는 문학, 그것이 참된 문학이라고 할 수 있다. 그런 의미
에서 권화빈 시인의 이번 시집 『나는 늘 맨발이다』는 올곧
은 시정신과 바람직한 시대정신에 한층 더 가까이 다가간
감동적인 시집이라 할 수 있다.